知識工場
Knowledge is everything！

nowledge. 知識工場

Knowledge is everything !

Knowledge is everything！

跟著日本人這樣寫50音

作者 藤井智子・著

最正確的あいうえお練習簿

自學50音很簡單，
但是總是懷疑自己這樣寫對嗎？
會念50音很簡單，
但是有沒有「走音」你確定嗎？

×O 忽略了筆劃關鍵，不可能寫好50音。
讓你手寫あいうえお正確度迅速UP！

大家好，我是藤井ともこ

在台灣，會日語的人多得讓日本人都嚇了一跳。感覺會日語就能跟得上大家的流行呢。學習日語，就要從50音開始練習，一般書店也有很多種類豐富的50音課本，每一本書都會告訴學習者怎麼寫，但是好像沒有一本書能特別告訴大家，為什麼同一個字母在不同的課本或者練習簿上，寫出來的卻有點不一樣？同一個字有的是「勾起來」的，有的卻「沒有勾」？很多學習者照著書上的順序寫了，也在練習簿上寫了很多遍，為什麼還是感覺50音「長得怪怪的」呢？不太像我熟悉的あいうえお那樣漂亮，這是哪裡有問題呢？

因為書上沒有告訴讀者，其實不一樣的印刷字體會有不同的效果，有些字因為毛筆（草書）的技巧，會有不同的技巧性寫法。初學者和別人寫得沒有完全一樣，其實不一定是哪一個人寫錯了。

一般教50音的課本可能是混合型的，可能教發音、單字，也教一些筆劃順序，但是筆劃說明通常會被簡單地帶過；而專門教筆劃順序的習字帖又都滿滿的都是格子，如果是自學的學習者，就算寫錯了也不會有人告訴你哪裡錯了。而這本練習簿特別針對台灣的日語初學者的學習習慣，以最簡單、最直接、最正確的解說方式來說明50音，搭配上可愛的圖解與顏色，希望精準、親切的風格能讓學習者們輕鬆記住、學會寫漂亮50音。

因此，正在學50音或正在學「寫字」的台灣朋友們，希望趁著錯誤的寫字習慣還沒養成之前，選擇最仔細、最正確的あいうえお練習簿，讓你寫出連日本人都說「すごい」的漂亮日文字喔！

藤井ともこ

Contents 目次

Contents

50音實用附錄單元

清音

あいうえお

清音表☆

あ行	あ	ア	い	イ	う	ウ	え	エ	お	オ
	a		i		u		e		o	
か行	か	カ	き	キ	く	ク	け	ケ	こ	コ
	ka		ki		ku		ke		ko	
さ行	さ	サ	し	シ	す	ス	せ	セ	そ	ソ
	sa		shi		su		se		so	
た行	た	タ	ち	チ	つ	ツ	て	テ	と	ト
	ta		chi		tsu		te		to	
な行	な	ナ	に	ニ	ぬ	ヌ	ね	ネ	の	ノ
	na		ni		nu		ne		no	
は行	は	ハ	ひ	ヒ	ふ	フ	へ	ヘ	ほ	ホ
	ha		hi		fu		he		ho	
ま行	ま	マ	み	ミ	む	ム	め	メ	も	モ
	ma		mi		mu		me		mo	
や行	や	ヤ			ゆ	ユ			よ	ヨ
	ya				yu				yo	
ら行	ら	ラ	り	リ	る	ル	れ	レ	ろ	ロ
	ra		ri		ru		re		ro	
わ行	わ	ワ							を	ヲ
	wa								o	
鼻音	ん	ン								
	n									

[a]

【平假名】　　【片假名】

OBOT

あ —平假名

一 →

短橫線「一」可以微微向右上揚會比較漂亮，但是若你習慣寫得平平的也是可以的。
不過不要寫得太長，要不然會變得怪怪的。

七 ↓

這裡就要注意一下囉，它是直線然後「微向右側彎」「七」，不要寫成直直一豎，那就不好看囉「十」；也不要寫得像括弧「（」那麼彎，否則你的あ會顯得「矮矮胖胖」、有點滑稽喔。

あ

這一筆就需要一點美感囉！我們從右邊開始畫圓，是扁扁的圓。尾端不要勾得太厲害「あ」，甚至圈起來「あ」都不行，把握一個原則，讓「あ」在同一個水平線上應該就八九不離十了。對了，這裡「あ」要留一點頭出來喔！

あ
在同一條水平線上

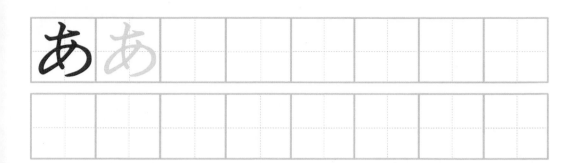

ア ─片假名

「ア」第二筆與第一筆中間要分開一點點，不要連在一起喲。

[i]

【平假名】　　　【片假名】

伊

い—平假名

尾端向右上方勾起，有人寫起來是標準的尖尖的「い」，有人筆畫一急，寫起來可能是圓圓的「い」，其實都辨別得出來，只不過當然是標準的尖尖「い」比較漂亮囉。

若是書法的話，你可能會看到像這樣「い」連在一起的筆畫，或者第二筆右邊的那一點會順毛筆筆勢倒勾回來「い」，但是用一般的原子筆等寫硬筆字的話，我們可以省了這樣勾來勾去的功夫，直接寫一個「點」就好了。

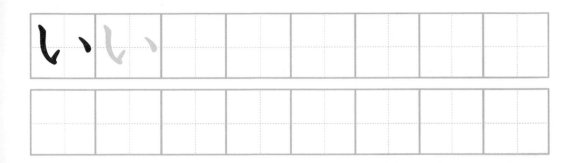

い	い					

イ ─片假名

這個我會啦!
就像是中文部首中的
「イ」部嘛!!

イ	イ					

[u]

【平假名】　　　【片假名】

嗚

う ─平假名

注意！第一筆的「點」要斜斜的，有「點」的感覺，不要寫得平平的像一個橫線一樣，這樣容易讓人誤以為是另一個字「ラ」(ra)。う ラ

↓

這裡是圓弧，不過起筆後可以「稍微拉長一點」然後才彎個圓弧下來「う」，如果沒有拉長一下就直接給它「弧下來」可能就會變這樣「ぅ」，怪怪的！

這樣好醜

う

如果圓弧寫得太尖角就會變成 ラ
如果上面那一點寫得太平、太像短橫線的話就會變成 ラ

う　ラ

這兩個都很容易
被人誤會成是「ラ」(ra)喔！

ウ 一片假名

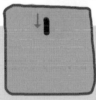

第一筆的短直線「丨」一定是垂直向下的，它不是「點」，也不是「斜線」囉！

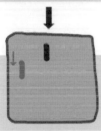

這一筆也一定是「直」的。

最後斜下的這一筆「ウ」是圓圓的弧度，寫成直斜線「ウ」就不好看了。

彎彎的　　　　不好看

ウ ウ

[e]

え 工
【平假名】 【片假名】

ㄟ

え —平假名

點一下「丶」。

這裡要一口氣寫完。它看起來有點像是人的跪姿，所以屁股太翹  不行，手太短 ㄡ 也不行，既然是跪姿，那手和膝蓋在同一個地平面是一定要的啦 え ，可以把握這個原則。

既然看起來像「跪姿」，人跪下來就「矮」了（用台語發音：ㄟ），所以這個「え」發音就是ㄟ（台語）了，這樣記也不錯。 ☺

え	え						

エ ―片假名

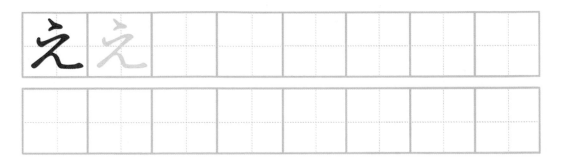

這就像是工人的
「エ」嘛～

エ	エ						

 —平假名

是短短的橫線，其實沒有一定要多長或多短，但是差不多是整個字寬的1/2最漂亮，如果寫這麼長「」就不太好看了。

直直下來往右繞畫一個扁扁圈，圈圈不要太低或是太小。
把握底部在同一個水平面的原則。

點在右上方。

おお

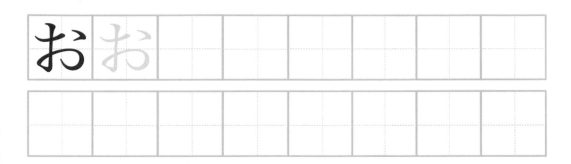

オ 一片假名

長長的一個橫線。

要勾起來

其實它就像是
中文的「才」嘛~

オオ

[ka]

か　カ

【平假名】　　　【片假名】

卡

か—平假名

フ → カ → か

看起來就像「力」嘛!
只是多了「一點」!

か

對呀!
那一點也可以倒勾起來「か」
就像寫毛筆時的收尾一樣。

か　か

カ 一片假名

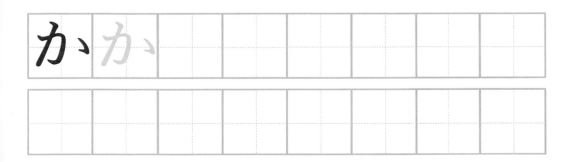

フ → カ

這個片假名更像「力」了，因為前面
寫平假名時，左轉彎處還是
圓圓順順的，寫這個片假名時
你就可以發現「カ」這個角
強而有力，就像中文字一樣
那樣方正四角囉～

カ　カ

[ki]

き 【平假名】　　キ 【片假名】

ㄎ

き ──平假名

這兩條短橫線都微微斜向右上方。第二筆可以稍微長一點點。

這一畫要向「右下」斜下來，不要寫成垂直喔「キ」。在有些日文書裡你會看到這一筆尾端有微勾起來，而有些都沒勾，其實這只是因為受毛筆或草書筆順的影響。下面我們有說明。

一個橫向的弧線，是「弧線」喔，寫得太直就沒有平假名那種柔美感了。在書法中第三筆與第四筆可以一口氣連起來寫，變成「き」，或者有人連得不完全，呈現微勾狀態「き」，但是若我們寫硬筆字的時候其實分開就可以了，所以當你看到別人將「き」寫成「き」「き」或「き」三種版本，不要覺得奇怪喔，這是一個自然、順勢的寫法，當你的硬筆字練得標準了之後，快速草寫成「き」也是可以的 ☺

也是微微斜向右上方的短橫線，但筆畫比平假名更直、硬。

第二筆的橫線比第一筆長。

一樣是向右下方寫斜線。因為這是「片假名」，所以三個筆畫都要寫成硬硬直直的直線就可以了。

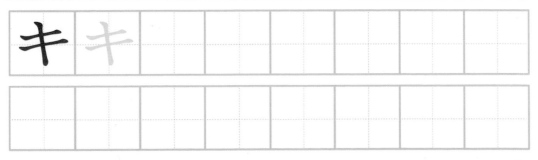

[ku]

く　ク

【平假名】　　【片假名】

哭

く —平假名

く

這個簡單！
　　就像注音符號裡的「く」！

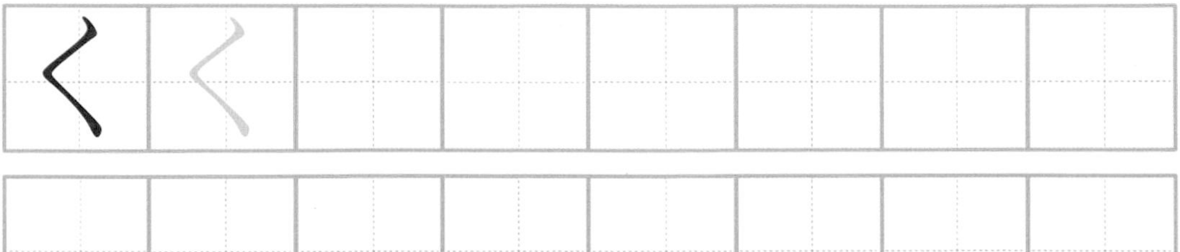

く	く						

ク —片假名

「嗯……這個字很像我們寫夕陽的「夕」少一點吧，要注意的是第一撇跟第二撇兩撇要盡量平行ク

如果不平行的話，很容易變成像另外一個字ワ（wa）

………嗯………ク跟ワ到底有什麼不一樣呢？

有些印刷體可能會凸出一點頭來

橫線短，下面空間小。

兩撇平行

頭完全不凸出。
第一筆畫為直線。

橫線長，下面空間相對就大

彎曲，讓中間的嘴顯得更大了。

從左邊插圖看起來「ワ」的嘴比較寬大，「ク」的嘴比較窄小，所以你可以想像成：唸「哇」時嘴巴要張比較大，唸「哭」時比嘴巴要嘟比較小。這樣應該就容易分辨了吧☺

ク	ク					

[ke]

け　ケ

【平假名】　　【片假名】

ㄎㄟ

け —平假名

這一豎為向右微彎，也可以稍微勾起來。注意，不是向左彎喔。け° ナ x

因為寫毛筆時第一筆可以順勢拖曳到第二筆，所以你可能會看到像這樣連在一起的「け」，或第一筆會向上微勾「け」的現象，這都是正常的。

是直線下來再向左微彎，而不是像括號「）」從頭到尾都彎彎的，那樣會有點醜喔。(ナ 太彎的看

け け

ケ ─片假名

ノ
↓
ト
↓
ケ

過去一點！到中間去一點！
要不然你看起來
會像ㄎ(ㄎㄨ)喔！

從中間撇下來。

ケ ケ

[ko]

【平假名】　　【片假名】

摳

こ ──平假名

因印刷字體的不同，有些印刷字是寫得平平的短橫線，但我們寫硬筆字時稍稍微彎會比平平的漂亮，就像是一個嘴型「○」一樣。此筆也可以微勾下來。

下面這條就要微彎且長了，如果下面這條忘了彎，就會變成像「ニ」（ni），這就是另外一個字了。

又因為寫毛筆時的順勢拖曳現象，所以你可能會看到像這樣連在一起的「こ」或第一筆微勾的「こ」，不過建議還是盡量別連在一起，否則一個不小心可能會讓你的「こ」看起來很像另外一個字「て」（te）喔。

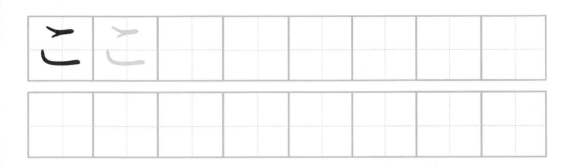

コ —片假名

這個很簡單,只要記得
缺口是朝左,不是朝右就可以了!

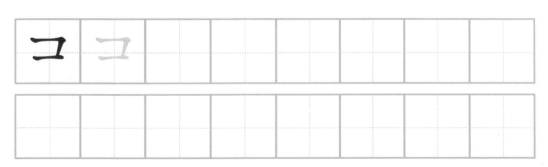

[Sa]

さ　サ

【平假名】　　【片假名】

撒

さ —平假名

這個字就像你前面學過的「き」
一樣囉，只是さ的上半部
只有一條橫線，其他的原則是一樣
的。有些人寫得草，可能會變成
「さ」。

さ ささ

都ok！

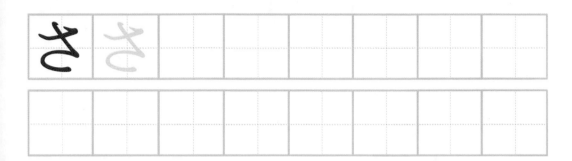

さ　さ

サ　—片假名

サラダ

這一筆要拉得長，且微彎喔，像這樣「廿」或「＋＋」都算不正確的喔。

サ　サ

29

[shi]

【平假名】 し　　　**【片假名】** シ

吸

し —平假名

↓し

向下彎彎地勾起來。注意！要有弧度喔，如果勾起來的地方沒有弧度而變成「レ」（re）就又是另外一個字了。

這麼麻煩呀……那……就把它想像成「笑嘻嘻的「嘻」（嘻與し音近似）」，微笑的嘴形自然是有弧度的囉 ☺

し　し

シ —片假名

這個字比較難，因為還有另外一個字是ツ（tsu），兩個看起來很像。差別就在於，「（縱）シ」三個點大致是排列在一個縱向直線上，而「（橫）ツ」三個點是排列在一個橫向水平面上。

所以寫字時的秘訣就是「シ→丷→宀→シ」第三筆由下往上撇上去；「ツ→冖→冖→ツ」第三筆由上往下撇下來。

那你可以試試看這樣記：シ（shi）音類似「吸」，就像是我們用吸管在吸東西一樣，把東西從底下吸上來；而ツ（tsu）這個音有點像是台語說滑倒、滑下去的「ㄊ（滑）ㄉ（下）ㄎ（去）」的「ㄊ」，既然是滑下去，你一定是從上面往下滑的啦，所以東西一定在上面，像從溜滑梯滑下去一樣，這樣是不是容易分辨一點了？

可是0...這也太難記了，就算是筆畫寫對了，還是常會搞不清楚哪個是シ（shi）哪個是ツ（tsu）呀!?

寫字的時候因為毛筆筆畫可粗可細，所以容易辨別是由下往上撇，還是上往下撇，但是硬筆字（原子筆或鉛筆等）筆畫線條均一，沒什麼粗細之分，初學寫50音的人，建議在寫這兩個字的第三筆那一撇時，可以在頭的地方稍微頓個小點出來，讓別人及自己更清楚，比如

稍微頓個點　シ　ツ　稍微頓個點

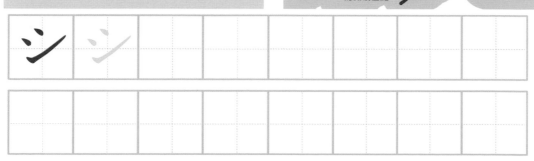

[su]

す【平假名】　ス【片假名】

蘇

す —平假名

繞圈圈時，記得要在同一個直線上
「す *同一條直線上」，千萬不要讓它變成
兩段直線囉「す *變成二段了」！這是
重點。

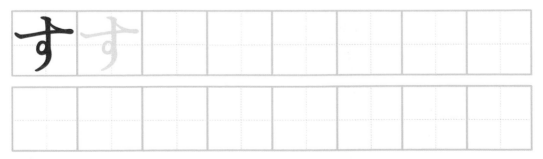

ス ―片假名

↓

スープ

這個「點點」要注意，不要太凸出，否則就變成另一個字「ヌ」（nu）了。

ヌ 寫成這樣
就變成是「nu」了
不是「su」了！

ス	ス						

[se]

せ セ

【平假名】　　　【片假名】

ㄙㄟ

せ —平假名

一 → 十 → せ

有點像注音符號的「ㄝ」呢！

對呀！
第二筆的短直線可以勾也可以不勾，
「せ」「せ」，就跟「き」「き」，
「さ」「さ」的原理，
是一樣的。

せ せ

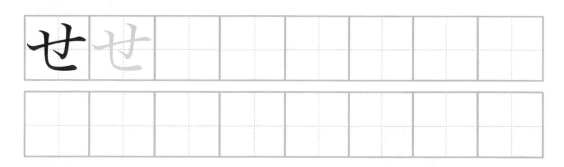

セ ―片假名

微微朝向右上方去再折下來。

這個筆畫下來的彎要有點直角喔，如果只是斜斜彎彎地寫「ㄟ」，很容易被誤會成是「ㄚ」（ya）喔。

セ セ

[so]

【平假名】　　　【片假名】

搜

そ—平假名

點一下。

撇過來之後一筆完成，下面像是繞了扁扁的半圈，有的書上寫「そ」，上面像是個扁型的Z，然後從頭到尾一筆完成，這也是可以的，但是分開的這個「そ」比較正統。怎麼說呢？因為「そ」這個字是從「曾」這個字來的，所以書法上會保留上面這兩點「丶丿」（所以曾小姐就叫做そう さん喲）。

上面不要2
↓

そ×　　そ×　　そ×
　　　肚子離　　肚子太大
　　　橫線太開

如果要寫一筆畫完成的「そ」，那上面就小心別把它寫得像「2」那樣圓圓的「そ×」，下面那半圈也不要太大。剛開始學寫的人可能都會覺得寫起來怪怪的，其實你可以掌握兩個關鍵，就是頭一定要尖，中間那橫長一點，這樣寫起來應該都會很有樣子的。そ

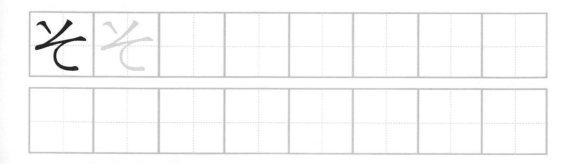

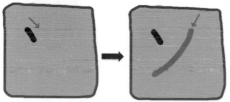

ソ ー片假名

這個一目了然~
就是「そ」的上面部分嘛~

只是要注意有一個跟它很像的字，叫「ン」(n)，它兩點的方向是在垂直面上的「ン」（縱），且第二筆是從下往上提。只要先把像「曾」的「ソ」（so）記住，另一個「ン」（n）自然就能區別了。）

[ta]

た タ

【平假名】　　　【片假名】

塌

た —平假名

短橫線，不要太長。

是一個斜線。有些對筆畫講究的人會問：它是「一撇」嗎？其實它真正的寫法就是一個有力的斜線，尾端收筆處是頓頓的「ノ」，而不是像中文書法的「撇」那樣彎彎、尾端拖曳得尖尖的那樣「ノ」。

位置稍微偏右「た」。

也許有人聯想到這右下方是不是就是一個「こ」（ko）呢？其實它沒有像「こ」如此彎彎地像個嘴型啦，我們簡單打個向外開的兩點就可以了「た」，只要不要沒精神的垂著「た」，簡單的兩點就可以寫很漂亮了！

た　た

夕 —片假名

是不是大概就像是中文
夕陽的「夕」？

大致上是啦!
又不過　「夕」
　　　　　　　　頭不要太凸出
　　　　　　　　點也不要太凸出來喔!

夕　夕

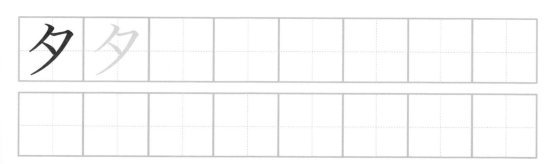

[chi]

ち チ

【平假名】　　　【片假名】

七

ち —平假名

短橫線，可以微微向右上揚會比較漂亮。

肚子圓圓大大，不過是屬於扁圓啦，太正圓反而就沒那麼美囉。

ち ち

チ —片假名

チーズ

這一撇要有點彎度，比較漂亮。 チ チ
NG　ok

這個就像一チ、ニ千的「千」
尾立端向左撇吧！

チ チ

[tsu]

【平假名】　　　【片假名】

滋

つ─平假名

跟前面的「ち」的肚子一樣，是一個扁圓，寫的技巧是讓上半部稍微長一點，下半部稍微短一點，這樣就很有樣子了，不要寫成「つ×」「丿×」。

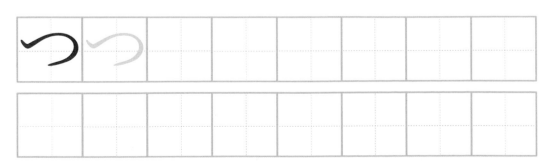

ツ ―片假名

「ㄊㄨ」下去

前面在「し/シ」（shi）的地方教過如何分辨「ツ」(tsu)與「シ」(shi)，請你翻到前面再復習一次囉。

這個學過囉～
請見第31頁！

ツ	ツ							

[te]

て テ

【平假名】　　　【片假名】

ㄊㄟ

て —平假名

→
て

一筆劃完成，注意肚子不要離橫線太遠，也不要太凸出。

て　　　　　て

肚子離很遠　　　　肚子太凸
會像「へ」(he)　　會像草寫的「こ」(ko)

這個字寫不好的話很容易跟「こ」（ko）「へ」（he）混淆喔。當你閱讀的不巧是毛筆字或草寫的連在一起的「こ」（ko）的時候，還真像「て」（te）呢，有可能一個不小心就看錯了！辨別的方式：基本上「て」的肚子不會太凸出，不會凸出超過橫線的長度，你可以仔細比較看看。「て」

て　て

テ　—片假名

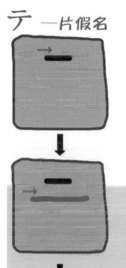

較第一筆長。

這一小撇，要從中間開始，千萬別一個不小心跑太右邊，就變成「　ラ」，這樣會讓人誤以為是「ラ」（ra）喔。

テ　テ

[to]

と ト

【平假名】　　　【片假名】

と —平假名

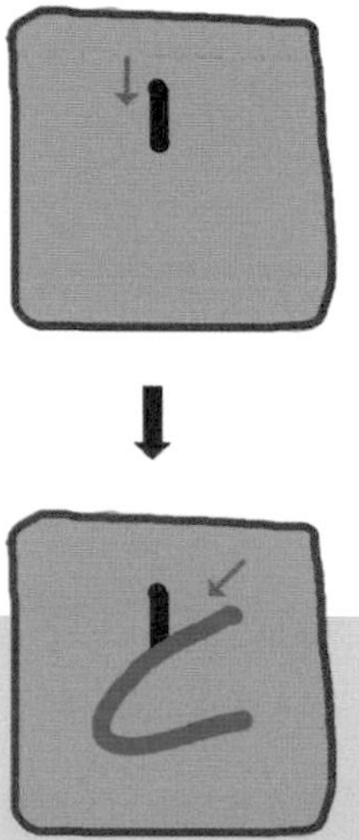

↓

と

注意這裡的筆順喔，有些人可能一直以為是先寫「乙」，再寫
點，其實那是比較不順手的寫法。為什麼說它不順手呢？因為
如果用正確的筆畫順序來寫的話，可以草寫一筆寫完呢，像這
樣「と」！

偷

と　と

ト ——片假名

↓

這個好像
「卜派」的「卜」哩!

ト	ト						

接下來我們即將進入單字練習的部分，在片假名的單字中偶爾會看到一個橫線「—」標記，這表示橫線前的那個音要多拉長一拍，即是日語中所謂的「長音」。

那有什麼難的!!...

再來寫寫看
看你記到什麼程度了!

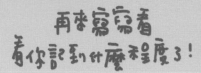

かさ
（雨傘）

アイス
（冰塊）

すいか
（西瓜）

しお
（鹽）

つき
（月亮）

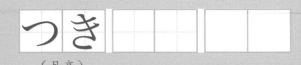

ケーキ
（蛋糕）

コ　コ　ア
（可可亞）

た　こ
（章魚）

テ　ス　ト
（考試）

ち　か　て　つ
（地下鐵）

ス　キ　ー
（滑雪）

し　そ
（紫蘇）

[na]

な ナ

【平假名】　　【片假名】

哪

な ―平假名

目前為止都跟寫「た」時的「ナ」一樣。

「點」的位置稍微偏右。

注意，是先寫第三筆的「點」，第四筆才是直線繞圈喔，有些人的寫字習慣都喜歡把點點放在最後，這裡可不是喔。

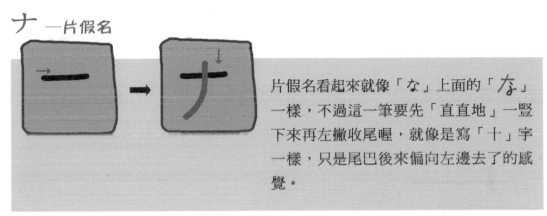

ナ —片假名

片假名看起來就像「な」上面的「た」一樣，不過這一筆要先「直直地」一豎下來再左撇收尾喔，就像是寫「十」字一樣，只是尾巴後來偏向左邊去了的感覺。

你腰給我直一點!!

ナ ナ

[ni]

【平假名】　　【片假名】

尼

に ─平假名

如同前面學過的「け」一樣，是直線微彎，也可稍微向上勾起。

短橫線，可以微彎，才比較有平假名柔美的感覺。

微彎，比上面稍長的橫線。

太圓的話像
小孩子寫的字

に に

二 ——片假名

短橫線。因為是「片假名」所以橫線都必須寫得直且硬。

第二條橫線要比第一條長才行喔，要不然看起來會像個「等號＝」喔。

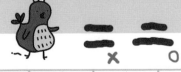

二 二

[nu]

ぬ ヌ
【平假名】 　　　【片假名】

努

ぬ—平假名

向右下方寫圓弧線。

這個字只有兩筆畫，第二筆像是畫了兩個一大一小的圈一樣，扭來扭去很容易寫得奇形怪狀的，其實只要抓住與第一筆畫的相對位置就差不多了，關鍵就在於：

 第二筆開頭高過第一筆或平高也可以

 與第一筆交會時頭尾都要留一點出頭

 右側與左側差不多大，佔一樣的寬幅

 兩邊的底要在同一個水平面上

很像我們的中文的「又」，但不一樣的是最後那一筆不是長長的一捺出去，而是短短的「一點」就好。

ヌ ヌ

[ne]

ね ネ

【平假名】　　　　【片假名】

ね—平假名

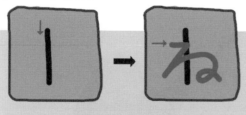

這個字也只有兩筆畫。第二筆要拐兩次角再加一個圈。

注意，拐第一個角時要超過第一筆的直豎右邊一點點「ね」，但千萬不要超過太多，變成「ね」就容易讓人看不懂了；拐第二次角的時候要拐在直豎的左邊「ね」。第二個技巧就是右邊的彎處可與左邊同高「ね」，這樣比較不會出現像「ね」令人無法辨識的情況。

ネ 一片假名

一點「ヽ」或一短直線「｜」都可以。

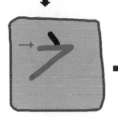 →  →

這個有點像中文部首的「ネ」嘛~

也可以把它想成是左右吊著ろㄟ ろㄟ 的女人,所以讀作「ろㄟ」!

ネ	ネ							

[no]

の ノ

【平假名】　　　【片假名】

NO

我 の 家

養老の龍

這個簡單
大家老早就會了！

の —平假名

の　の

ノ —片假名

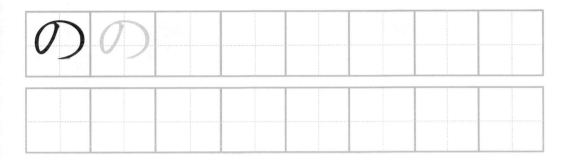

就是一撇啦，沒什麼技巧。

這個簡單啦～
沒問題的!

ノ　ノ

[ha]

は ハ
【平假名】　　　【片假名】

哈

は —平假名

跟之前學過的「け」「に」一樣寫法，是直線微彎，也可以稍微向上勾起。

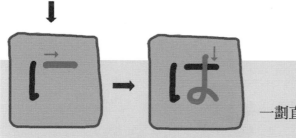

一劃直豎下來再打圈。

は は

ハ 一片假名

ハート

看起來像個「八」，不過我們寫中文的八時，第二撇其實是長長的「一捺」，毛筆的話要將尾端尖尖地收筆，但是日文的「八」的這一筆只是一個較長的「點」而已，就像是筆頓一下（有點像加長版的頓號啦「、」）而不用撇出去，細微的差別，可能很多人都不曾注意過吧。

哈哈哈~
可以把它想成是哈哈笑時
嘴上的兩撇鬍子！

八 八

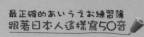

[hi]

ひ　ヒ
【平假名】　【片假名】

ㄏ

ひ —平假名

一筆畫完成，中間是像個大鼻子一樣，圓呼呼的。

你的鼻子長著
一個「ひ」！

ひ　ひ

ヒ 一片假名

↓

ヒ

ヒール

注意這個筆畫的順序，有些人會將「ヒ」寫成「ㄴ」，這樣一看就知道應該是筆畫順序顛倒了「ㄴ→ㄴ」，變成寫中文「匕首」的「匕」了。

ㄴ　　ヒ 不勾
ㄴ→匕　　一→ヒ
(匕首)　　(hi)

ヒ(hi)與中文的「匕首」的「匕」其實不太一樣的喔！

ヒ	ヒ							

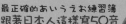

[fu]

【平假名】　　　【片假名】

呼

ふ—平假名

這個字其實很有書法的感覺，有一種筆畫流暢拖曳的感覺，所以即使硬筆字你也可以把它寫得像毛筆字一樣「ふ」上連下、左連右。初學寫的人可以試試看將第一筆的點與第二筆的曲線連在一起「ろ」，然後第三、四筆的左右兩點讓它分開「、ふ、」，這樣應該大部分的人都能寫出很漂亮的「ふ」了。也正因為它具有這種拖曳特性，所以有些書標註它一共是「三筆畫」，有些書標註它是「四筆畫」，若你看到了也不用覺得奇怪，因為那只是要不要連在一起寫的差別啦。

ふ ふ

フ —片假名

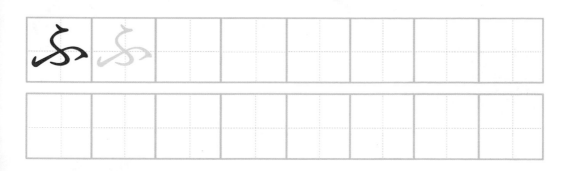

折下來的那一撇寫得微彎會比較漂亮。 フ ←微彎

我知道這個 フ 一定要
有折角，要不然會讓人
以為是 つ (tsu)，對吧！

聰明！

フ フ

[he]

【平假名】　　　【片假名】

嘿

へ—平假名

很像注音符號的「ㄟ」。

這個平假名跟片假名
有什麼不一樣!?

ヘ—片假名

若要說「ヘ」這個字的平假名跟片假名有什麼區別，只是平假名可以寫得像書法字那樣柔軟而有曲線感，寫片假名的ヘ時就必須要直直硬硬的，角就是角，線就是線，但一般你寫硬筆字時其實差異並不大，所以不必太介意這些小地方，就把平假名、片假名當作是同一個字練習也無妨。

ヘリコプター

ヘルメット

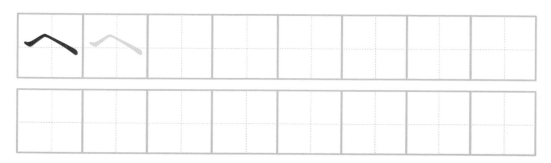

[ho]

ほ ホ

【平假名】　　　【片假名】

厚

ほ—平假名

↓ | 跟之前學過的「け」「に」「は」一樣寫法，是直線微彎，也可稍微向上勾起。

→ | 與第一筆的直線同高。

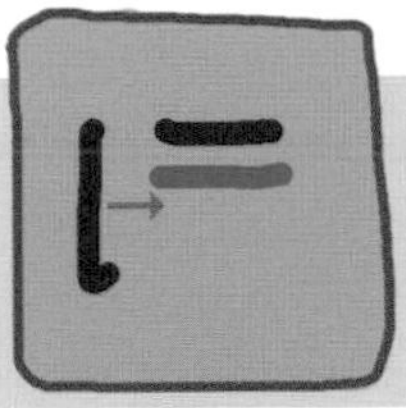

→ | 這兩橫要平行。

ほ↓

ほ ほ

ホ ─片假名

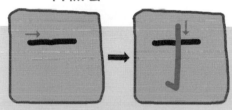

這一畫尾端可以勾，也可以不勾。

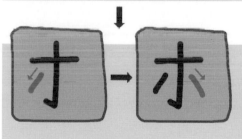

它看起來好像中文的「木」，但不同處是左右兩點是「點」，而不是長長的「撇」，也因此，他們跟主樹幹是不相連的喔，千萬不要真的寫成「木」了！

木✗　ホ。

ホ ホ

[ma]

ま マ
【平假名】　　【片假名】

媽

ま —平假名

→一

一條橫線。

→二

這一橫較上面那條橫線短。這個字是從「世界末日」的「末」來的，有些人寫「末」這個字寫得比較草時就會像這樣「ま」，是不是就跟「ま」（ma）很像啊？

那「末」的兩橫是上長下短，「ま」也是嗎？基本上是的，但若寫成兩橫同長也ok啦。

ま

原來「末」與「ま」(ma)
有血緣關係呀！

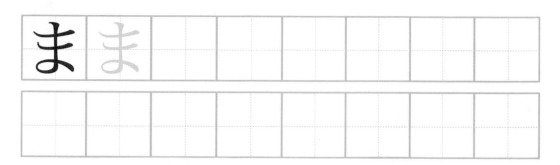

マ ー片假名

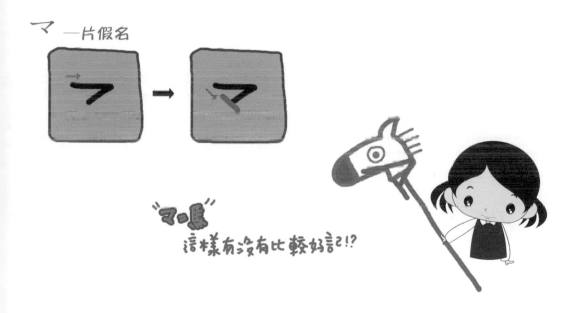

"マ-馬"
這樣有沒有比較好記!?

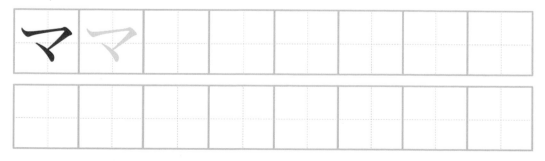

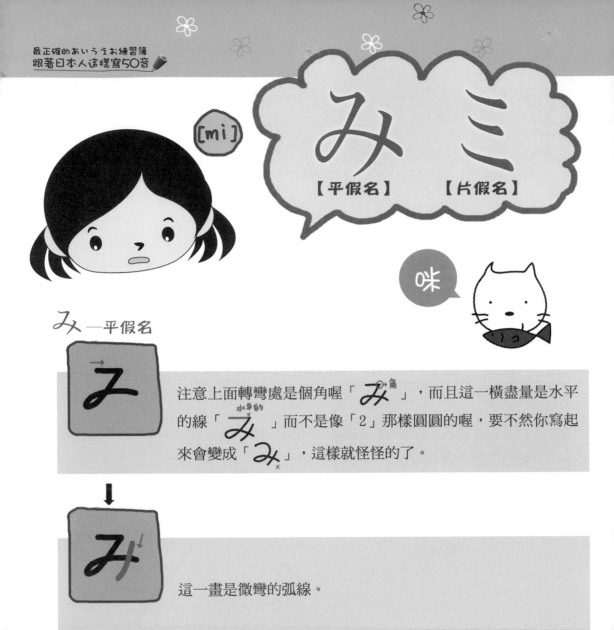

[mi]

み　ミ
【平假名】　　　【片假名】

咪

み —平假名

み

注意上面轉彎處是個角喔「み 角」，而且這一橫盡量是水平
的線「み 水平的」而不是像「2」那樣圓圓的喔，要不然你寫起
來會變成「み ×」，這樣就怪怪的了。

↓

み

這一畫是微彎的弧線。

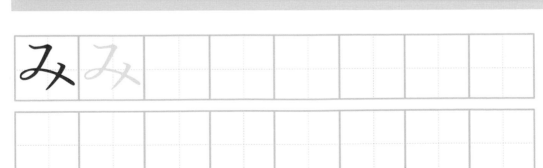

み　み

ミ —片假名

ミルク

這個字很簡單，只要記得不要寫成反的「彡」就好了。

因為像貓咪
的鬍子，所以
「ミ」唸「咪」嗎？

[mu]

む　ム
【平假名】　　　【片假名】

む —平假名

短橫線，位置略為偏在格子的左方。

又是一個畫圈圈的字了，所以訣竅跟「す」（su）一樣，就是上下段要在同一條直線上，千萬別分離成兩段線了。

む✕　む。

變成=段線

另外，下面「む 下面平平的 會比較好看哦!」這個部分平平的會比較好看。

點在右外側。

む　む

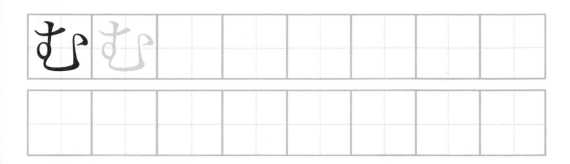

ム —片假名

其實ム就是む的
簡單化嘛～

む

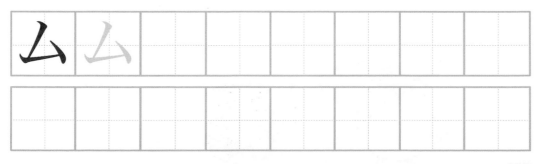

ム　ム

[me]

【平假名】 め 【片假名】 メ

美

め —平假名

向右微彎的弧線。

跟我們前面在練習「ぬ」（nu）的時候很像，右邊的圈不要畫太小或太短，就大方地讓它佔整個右半部的1/2也沒關係。只要注意底部「め」在同一個水平線上就會很好看了。

圈太短　圈太小

右邊要繞大圈一點
不是像中文的「女」啦！

女

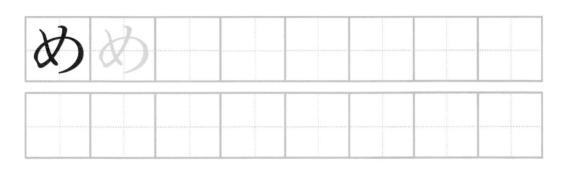

メ 一片假名

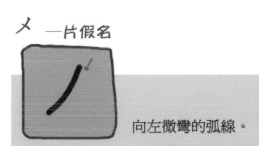

向左微彎的弧線。

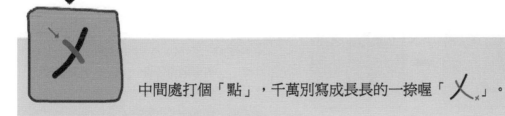

中間處打個「點」，千萬別寫成長長的一捺喔「乄」。

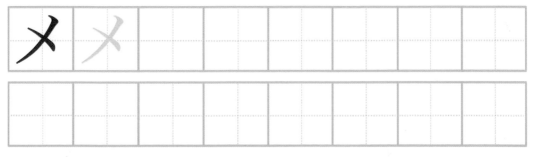

[mo]

も 【平假名】　　モ 【片假名】

某

も —平假名

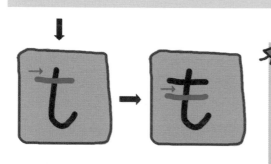

注意啦，這裡筆畫順序是先寫「直的」，直畫勾起來之後再寫那兩條橫線，為什麼呢？因為這樣用毛筆或草寫的時候就能寫出「も」這種感覺，而且筆勢很順，對吧！

這個字唸「ㄇㄜ」，像是台語「頭毛」的「毛」，而形狀也很像「毛」，只是髮量少了一點，只有兩根！所以可以聯想：「も」像「毛」所以唸「ㄇㄜ」！

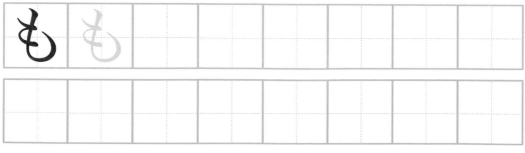

モ —片假名

モーニング

morning!

要比第一筆長。

由於這是片假名，片假名的特性是硬硬直直的，所以向右彎的地方要寫得直角一些「モ」，而且也不上勾「モ」。

稍微直角　　　　不上勾

這個片假名的モ跟平假名も
很像嘛～搭配一組
很容易記呀！

這個還用你說，
大家都看得出來吧～

モ	モ					

雨來寫寫看
看你寫到什麼程度了~

哼!哼!表現給你看!

あたま
（頭）

コーヒー
（咖啡）

ねこ
（貓咪）

トマト
（番茄）

たたみ
（榻榻米）

（領帶）

ネクタイ

ふね
（船）

ソース
（醬汁）

ほし
（星星）

ナイフ
（刀子）

いぬ
（小狗）

タクシー
（計程車）

や —平假名

這一畫向右圓圓地勾下來，是「圓圓」地勾喔。

不要點太長，只要在上面小小一點就好。

注意它的筆畫順序，第二筆先點個「小點」然後才是這裡第三筆的斜線。很多人都會誤以為「點」通常都是最後一筆畫，其實不一定，你寫寫看，這樣是不是更順手呢？這也是關乎到草寫的感覺，所以有些人寫起來會像「や」這個樣子。

如果上面的點畫得太長，或第三畫的斜線寫得太彎都不太正確，如や や。

や	や						

ヤ 一片假名

這一畫向右尖尖地勾下來，是「尖尖」地勾喔「ヤ_{尖尖的}」，跟它的平假名「圓圓」地勾是不一樣。

這就是一個「直且挺」的線，千萬不要寫得彎彎地、或像無力的一撇「セ ヤ」，因為這樣很容易跟「セ」（se）相互看錯。

ヤ	ヤ						

[yu]

ゆ ユ

【平假名】 【片假名】

YOU

ゆ —平假名

↓
ロ

一豎下來之後，再緊接著向右繞個扁圓。

↓
ゆ

這個字雖然拆成兩個筆畫，但其實也能一筆寫完，像這樣「ゆ」。
分兩筆寫反而要注意，有時會因為相對位置抓不準而怪怪的。

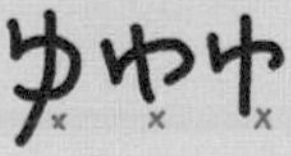

ゆ ゆ ゆ
× × ×

ゆ ゆ

ユ —片假名

ユーフォー

UFO!

要記得拉長一點，否則會變得像前面學過的「コ」（ko）喔。

ユ　コ
↑長　↑╳太短

很多人常常搞不清楚
ユ（yu）跟ヨ（yo），
可能是因為發音很像吧，
我的方法是如果你記熟
ya→yu→yo 的發音順序
的話，「ユ」剛好長得像「2」、
「ヨ」長得像「3」，
一樣的順序就不會搞錯了！！

ユ	コ								

[yo]

よ 【平假名】　　ヨ 【片假名】

右

よ ─平假名

短橫線，位置稍為偏在格子的右方。

從短橫線的左邊往下，不要讓橫線凸出來喔。

太凸出來不對！

橫線不要太凸出左邊「よ」
應該就沒什麼問題了！

よ	よ						

ヨ ——片假名

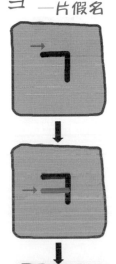

ヨーグルト

這個也要記得是朝「左」。「ミ」「ヨ」「コ」這三個是最簡單，但也是最容易一時忘記是朝左還是朝右的，請記得，通通「向左轉！」）

ヨ	ヨ						

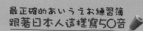

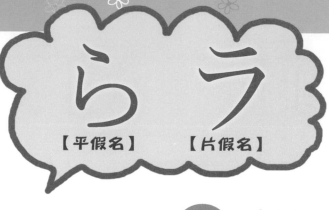

[ra]

【平假名】　　【片假名】

啦

ら—平假名

點一下。

這一劃像個「5的身體」，但是肚子要扁一點！上面那個「點」，有些人寫快時會跟身體連在一塊，變成「ら」，不過建議還是分開比較清楚。

你不是ろ也不是ㄅ喔!!

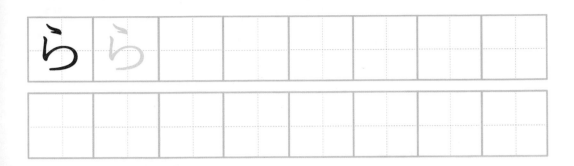

らら

ラ —片假名

這一筆是橫線，不要寫成「點」。

這一畫向右的轉折處要有角度出來，否則變成這樣「ラ」就容易與「う」（u）搞混喔。

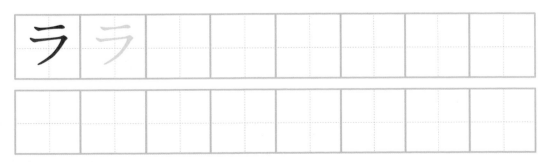

ラ ラ

[ri]

り　リ

【平假名】　　　【片假名】

哩

り—平假名

↓し

微勾起，也可以一口氣連到右邊去「り」。 りok りok!

↓り

一筆直豎下來，再微微向左彎。

り　り

リ 一片假名

一個短直線，不勾也不彎。

跟平假名一樣要微彎，不同的是，「左」與「右」要「清楚地分開」喔，若也不小心連了過去，會被誤會是平假名喔！

り 你勾起來了，
你是平假名!!

這個字的平假名與片假名也很相似，不同的依舊是平假名「り」較有書法圓滑、拖曳的感覺，片假名「リ」則是直直硬硬地刻兩畫囉。兩者都是「左短右長」。

リ リ

[ㄌㄨ]

る ル

【平假名】　　　　【片假名】

嚕

る —平假名

→る

一筆完成。

「る尖角」轉折處要是一個「尖角」，且「る線條要平」盡量是

平平的一橫線，否則寫出來像「3」就不好看了。

第三個小技巧就是斜線長一點「長點才會好看る」，你會發現，只要

將它拉長一點，寫出來的「る」99%都是漂亮的喔。

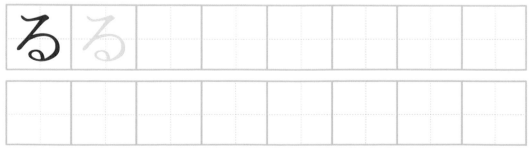

ル —片假名

直豎下來再往左撇。

是「尖角」向上勾，不是像我們注音符號的「ㄦ」那樣圓圓的「ㄦ」，這就是之前一直強調的：片假名的特色都是直直硬硬、不圓柔的緣故啦！

「規則＝ルール」

ル	ル						

[re]

れ　レ

【平假名】　　【片假名】

累

れ—平假名

Ｉ → れ

前面學「ね」的時候學過左半邊，所以左半邊是一樣的寫法（請往前翻翻看再複習一下囉），右半邊只要改成向外勾就可以了。

想要寫得漂亮的重點只有一個，就是「上面同高、下面同高」就OK了 れ，要不然寫成這樣 れ 也只能嘆息了。
NG!

「ね」(ne)、「れ」(re) 跟後面會學到的「わ」(wa) 長得都很像，你可以把「れ」聯想成「累」，就像一個人累趴了跪在地上一樣，你看是不是很像呢？還有聲音關聯喔！

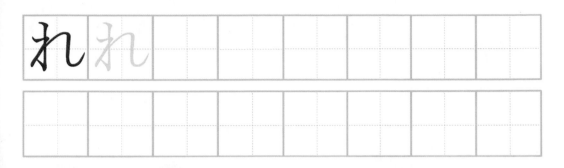

れ　れ

一樣遵守「片假名『直硬』的原理」，轉折處是一個「尖角」，若寫得太圓你猜會像什麼？沒錯，就是「し」（shi）啦。

我屁股圓圓，是し啦！（shi）

我屁股尖尖，是レ啦！（re）

レ　レ

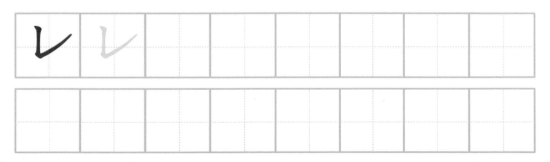

【平假名】　　　【片假名】

[ro]

嚕

ろ —平假名

→
ろ

一筆完成。這個字跟前面學的「る」一樣啦，只是不用打圈圈。

上面是尖 ろ
下面是扁圓 ろ
中間 ろ 拉長一點
不要寫成「3」就ok啦！

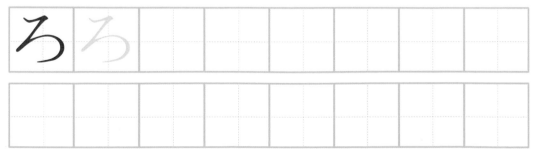

ロ —片假名

好像一個「口」喔！

對呀！
二個「口」的「呂」小姐
就叫「ロさん」哦！

トトロ

ロ	ロ						

[wa]

わ ワ

【平假名】　　【片假名】

わ—平假名

哇

與我們前面學的「ね」「れ」結構很像，這裡只要右邊畫個大圈圈就好。

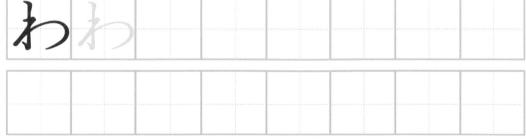

わ わ

ワ 一片假名

這一畫要短且直。

↓

橫線往下彎時，這一撇要有點「圓弧」感「ワ」。其實這個字就是「ウ」（u）少了上面一點而已。

另外要注意的是這個ワ（wa）與「ク」（ku）很像，我們在學「ク」（ku）這個字時，提醒過「哭」跟「哇」兩個嘴型大小不一樣，這一點還記得嗎？可以翻回去「ク」（ku）的地方看看。

ク(哭)嘴成小嘴"Ｃ"
ク平行，ク空間窄
ワ(哇)張開大嘴"Ｃ"
ワ「直豎」加彎撇形成
　　　大空間 ワ

ワ	ワ					

[wo]

を　ヲ

【平假名】　【片假名】

喔

を 一平假名

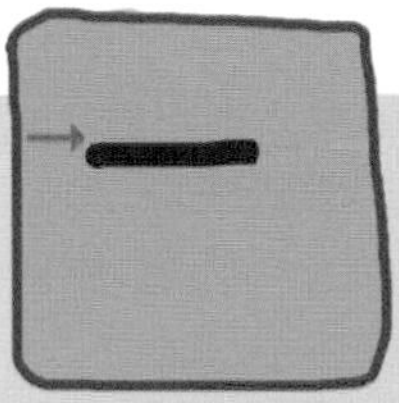

短橫線，可以微微向右上揚會比較漂亮。

其實寫到這裡有一點像注音符號裡的「ㄘ」，只是它的肚子比較有圓弧感。

嗯嗯嗯！
像個「ㄘ」+「ㄥ」

を　を

ヲ —片假名

寫一個像「フ」（hu）的東西。

下面再加一條橫線就完成啦。

ヲ　ヲ

【平假名】　　　【片假名】

[n]

嗯

ん —平假名

ん

尾端要有點曲線，不要只是像英文字母的「h」喔。

嗯嗯！！

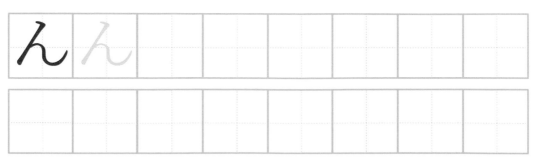

ん　ん

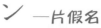

在第一個點的正下方開始往上提。

前面在「そ／ソ」(so)的地方學過，「ソ」
(so)的方向與這裡的「ン」(n)不同，
「ソ」(so)兩點的開頭都在水平線上，
「ン」(n)兩點的頭都在垂直線上😊

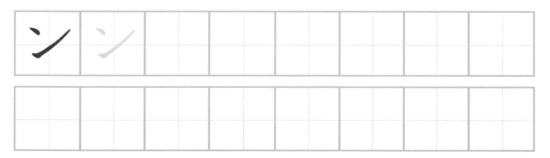

再來寫寫看
看你記到什麼程度了！

にわとり
（雞）

クリスマス
（聖誕節）

やま
（山）

トイレ
（廁所）

さかな
（魚）

カメラ
（照相機）

おんせん
（温泉）

ラーメン
（拉麺）

くるま
（汽車）

ミルク
（牛奶）

まくら
（枕頭）

ホテル
（飯店）

濁音

濁音就是在清音
的右上角加上
兩個點點。

か → が さ → ざ
清音　　　濁音　　　清音　　　濁音

濁音表☆

が行	が ga	ぎ gi	ぐ gu	げ ge	ご go
	ガ ga	ギ gi	グ gu	ゲ ge	ゴ go
ざ行	ざ za	じ ji	ず zu	ぜ ze	ぞ zo
	ザ za	ジ ji	ズ zu	ゼ ze	ソ zo
だ行	だ da	ぢ ji	づ zu	で de	ど do
	ダ da	ヂ ji	ツ zu	デ de	ド do
ば行	ば ba	び bi	ぶ bu	べ be	ぼ bo
	バ ba	ビ bi	ブ bu	ベ be	ボ bo

が行

が	ぎ	ぐ	げ	ご

【片假名】

ガ	ギ	グ	ゲ	ゴ

ざ じ ず ぜ ぞ

ざ行

ザ ジ ズ ゼ ゾ

ジ這個字小心不要寫成
四個點點並排喔。

【平假名】

だぢづでど

【片假名】

ダヂヅデド

で這個字,看起來好像把點點放在凹下去的地方「で」,不過也有人習慣將點點放在右上角如「で」,所以兩者都可以,都算是正確的喔。

ぼ一樣是寫在右上角，但是有些印刷體（如細圓體）看起來會在兩橫線的中間「ぼ」，這只是字體的不同，就像我們中文寫POP等藝術字體時，有些筆畫也會跟一般正楷的硬筆字不一樣，但其實都辨認得出來，這就是同樣的意思。不過為了容易辨識，還是建議大家寫在右上角，這樣既清楚又漂亮。

【片假名】

半濁音

與濁音一樣位置
在右上角畫個小圈
ノ半濁音只有「ぱ」行
而已!

は → ば → ぱ

清音　　　濁音　　　半濁音

ぱ行	ぱ pa	ぴ pi	ぷ pu	ぺ pe	ぽ po
	パ pa	ピ pi	プ pu	ペ pe	ポ po

【平假名】

ぱ ぴ ぷ ぺ ぽ

ぽ：與ぼ一樣，寫在右
上角比卡在中間「ぽ」
清楚又漂亮喔。

【片假名】

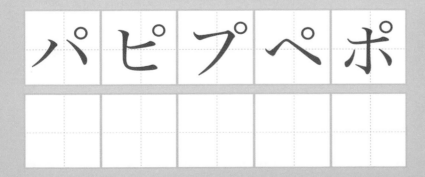

パ ピ プ ペ ポ

再來挑戰看看！
看你記得多少～

就寫寫嘛～

てんぷら
（天婦羅）

オレンジ
（柳橙）

くだもの
（水果）

ベルト
（皮帶）

かぎ
（鑰匙）

デザート
（甜點）

どうぶつえん
（動物園）

ゴルフ
（高爾夫）

えんぴつ
（鉛筆）

パソコン
（電腦）

でんわ
（電話）

ジーンズ
（牛仔褲）

ドラえもん
（多啦A夢）

拗音是我們原來學過的「い」段音
（如：き、み、り、じ、ぴ等）加上
「や、ゆ、よ」之後兩個音合併在一起唸
讀成一個音。「や、ゆ、よ」要寫得偏小
讓人一眼就可以看出它是被人「兼併」
在一起的喔!!

き＋や＝きゃ

拗音表

きゃ	キャ	きゅ	キュ	きょ	キョ
kya		kyu		kyo	
ぎゃ	ギャ	ぎゅ	ギュ	ぎょ	ギョ
gya		gyu		gyo	
しゃ	シャ	しゅ	シュ	しょ	ショ
sha		shu		sho	
じゃ	ジャ	じゅ	ジュ	じょ	ジョ
ja		ju		jo	
ちゃ	チャ	ちゅ	チュ	ちょ	チョ
cha		chu		cho	
にゃ	ニャ	にゅ	ニュ	にょ	ニョ
nya		nyu		nyo	
ひゃ	ヒュ	ひゅ	ヒャ	ひょ	ヒョ
hya		hyu		hyo	
びゃ	ビャ	びゅ	ビュ	びょ	ビョ
bya		byu		byo	
ぴゃ	ピャ	ぴゅ	ピュ	ぴょ	ピョ
pya		pyu		pyo	
みゃ	ミャ	みゅ	ミュ	みょ	ミョ
mya		myu		myo	
りゃ	リャ	りゅ	リュ	りょ	リョ
rya		ryu		ryo	

拗音橫寫時的寫法

寫拗音時兩個字是各佔一個空間，而不是擠在同一個格子裡喔，而ょ只要寫得偏小、容易分辨出是拗音即可，到底要縮得多小其實沒有一定啦。

びょ				

拗音直寫時的寫法

直寫的時候就要偏右上

 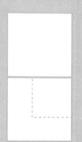    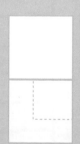

既然字體偏小，要獨占
一個字的空間，那在一
個單字裡它會是什麼樣
子的空間安排呢？

びょういん（醫院）

びょういん　びょういん

きゃ				キャ				
きゅ				キュ				
きょ				キョ				

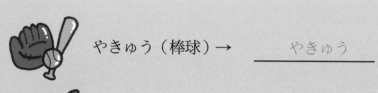

やきゅう（棒球）→ _____やきゅう_____ _____

キャンデー（糖果）→ ____キャンデー____ _____

ぎゃ				ギャ				
ぎゅ				ギュ				
ぎょ				ギョ				

ぎゅうにゅう（牛奶）→ ____ぎゅうにゅう____ _____

ギョーザ（餃子）→ _____ギョーザ_____ _____

しゃ				シャ				
しゅ				シュ				
しょ				ショ				

かいしゃ（公司）→ ___かいしゃ___ _____

シャンプー（洗髪精）→ ___シャンプー___ _____

じゃ				ジャ				
じゅ				ジュ				
じょ				ジョ				

じょゆう（女演員）→ ___じょゆう___ _____

ジュース（果汁）→ ___ジュース___ _____

ちゃ				チャ				
ちゅ				チュ				
ちょ				チョ				

ちょうちょう（蝴蝶）→ <u>ちょうちょう</u> _____

チョコレート（巧克力）→ <u>チョコレート</u> _____

にゃ				ニャ				
にゅ				ニュ				
にょ				ニョ				

こんにゃく（蒟蒻）→ <u>こんにゃく</u> _____

ニュース（新聞）→ <u>ニュース</u> _____

ひゃ					ヒヤ				
ひゅ					ヒュ				
ひょ					ヒョ				

 ひゃくえん（一百元）→ <u>ひゃくえん</u> _____

ひょうじゅん（標準）→ <u>ひょうじゅん</u> _____

びゃ				ビャ				
びゅ				ビュ				
びょ				ビョ				

 びょういん（醫院）→ <u>びょういん</u> _____

 ビューティー（美人）→ <u>ビューティー</u> _____

ぴゃ				ピヤ				
ぴゅ				ピュ				
ぴょ				ピョ				

600 ろっぴゃく（六百）→ <u>ろっぴゃく</u> <u>　　　　　</u>

ポピュラー（大衆化）→ <u>ポピュラー</u> <u>　　　　　</u>

みゃ				ミヤ				
みゅ				ミュ				
みょ				ミョ				

みょうじ（名字）→ <u>みょうじ</u> <u>　　　　　</u>

コミュニケーション → <u>コミュニケーション</u> <u>　　　　　</u>
　　　　（溝通）

りゃ					リヤ				
りゅ					リュ				
りょ					リョ				

りょこう（旅行）→ ___りょこう___ _____

リュックサック→ ___リュックサック___ _____
　（背包）

促音跟拗音一樣
都是要寫得小小的
（跟拗音差不多大小就可以囉！）
但是促音只有一個字「つ／ツ」

恭禧！
你已要學完
最後的「促音」了！

呼～
終於學完了～

が	っ	こ	う		チ	ケ	ッ	ト

促音直寫時的寫法

| が っ こ う | | | | チ ケ ッ ト | | |

學完這圖，我的50音就大功告成，
寫得一手漂亮標準的
日文字母了！

ちょっとまって
（請等一下）

せっけん
（肥皂）

はっぱ
（葉子）

ペット
（寵物）

ケチャップ
（番茄醬）

ネックレス
（項錬）

50音實用附錄單元

連括號內的句子
一起說更有禮貌

單元 1
實用生活會話

おはよう（ございます）。早安。
こんにちは。午安；你好。
こんばんは。晩安。
おやすみ（なさい）。晩安（睡前）。

久違見面

お久しぶりです。好久不見。
お元気ですか。你好嗎？
お蔭様で元気です。託您的福，很好。

自我介紹

始めまして。您好，初次見面。
私は○○です。我是○○。
私は○○と申します。敝姓○○。
どうぞ、よろしくお願いします。請多多指教。

出門

いってまいります。我走了；我出門了。
いってらっしゃい。路上小心；慢走。

回家

ただいま。我回來了。
おかえり。你回來了。

道別

さよ（う）なら。再見。
では、また。再見。

道謝

（どうも）ありがとう（ございます）。謝謝。
いいえ、どういたしまして。不會、不客氣。

拜訪

どうぞお入りください。請進。
お邪魔します。打擾了。

祝賀

おめでとうございます。恭喜。
お誕生日おめでとう（ございます）。生日快樂。

道謝

失礼します。不好意思；打擾了。
すみません。不好意思；對不起；借過。
ごめんなさい。對不起；請原諒。

用餐

いただきます。我開動了。
ごちそうさまでした。謝謝招待；我吃飽了。

道歉

失礼します。不好意思；打擾了。
すみません。不好意思；對不起；借過。
ごめんなさい。對不起；請原諒。

叮嚀對方

気にしないでください。請不要介意。
どうぞご遠慮なく。請別客氣。

關心

大丈夫ですか。不要緊嗎？

拜託

お願いします。麻煩了；拜託。
お任せします。一切拜託您；交給您了。

節日祝賀

メリークリスマス。耶誕快樂。
よいお年を。新年快樂（過年前）。
あけましておめでとうございます。新年快樂（元旦當天）。

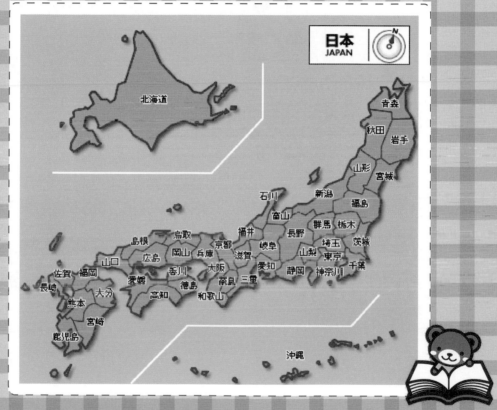

◎Mapion 日本47都道府縣地圖
http://www.mapion.co.jp/map/japan.html

日本地名/日本本土

ほっかいどう 北海道	ほん しゅう 本 州	し こく 四国	きゅう しゅう 九 州

ほっかいどう
北海道

さっぽろ し 札幌市

本州／近畿地方
きんき ちほう

おおさか ふ 大阪府	きょう と ふ 京 都府
なら けん 奈良県	ひょう ご けん 兵 庫県
し が けん 滋賀県	み え けん 三重県
わ か やまけん 和歌山県	

本州／関東地方
かんとう ちほう

とうきょう と 東京都	か な がわけん 神奈川県
ち ば けん 千葉県	さいたまけん 埼玉県
とち ぎ けん 栃木県	ぐんま けん 群馬県
いばら きけん 茨 城県	

本州／中部地方
ちゅうぶ ちほう

と やまけん 富山県	にいがたけん 新潟県
いしかわけん 石川県	やまなしけん 山梨県
ぎ ふ けん 岐阜県	なが の けん 長野県
ふく い けん 福井県	あいちけん 愛知県
しずおかけん 静岡県	

本州／東北地方
とうほく ちほう

あおもりけん 青森県	あき た けん 秋田県
いわ て けん 岩手県	やまがたけん 山形県
みや ぎ けん 宮城県	ふくしまけん 福島県

本州／中国 地方
ちゅうごく ちほう

ひろしまけん 広島県	おかやまけん 岡山県
とっとりけん 鳥取県	しまねけん 島根県
やまぐちけん 山口県	

四国
しこく

とくしまけん 徳島県	え ひめけん 愛媛県
か がわけん 香川県	こう ちけん 高知県

九 州
きゅうしゅう

ふくおかけん 福岡県	さ がけん 佐賀県	ながさきけん 長崎県
おおいたけん 大分県	くまもとけん 熊本県	みやざきけん 宮崎県
か ごしまけん 鹿児島県	おきなわけん 沖縄県	

想知道更多？

◎日本全國縣市特產menu　http://www.tamezon.net/meib/

單元 ③ 日本春夏秋冬 慣例活動

お花見 （はなみ）	賞花	**春天**
ゴールデンウイーク	黃金週	
端午 （たんご）	端午	

雛祭り （ひなまつり）	【女兒節】3月3日
卒業式 （そつぎょうしき）	【畢業典禮】3月20日左右
エイプリルフール	【愚人節】4月1日
入学式 （にゅうがくしき）	【開學典禮】4月1日左右
緑の日 （みどりのひ）	【綠化日】4月29日
子供の日 （こどものひ）	【兒童節】5月5日
母の日 （ははのひ）	【母親節】5月第2個星期日

梅雨 （つゆ）	梅雨
肝試し （きもだめし）	試膽大會
虫捕り （むしとり）	捕捉昆蟲
花火 （はなび）	煙火

夏天

七夕 （たなばた）	【七夕】7月7日
お盆 （ぼん）	【盂蘭盆會】7月15日
海の日 （うみのひ）	【海之日】7月第3個星期一
父の日 （ちちのひ）	【父親節】6月第3個星期日

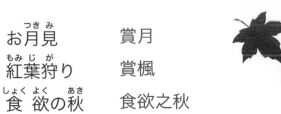

お月見 （つきみ）	賞月
紅葉狩り （もみじがり）	賞楓
食欲の秋 （しょくよくのあき）	食欲之秋
芸術の秋 （げいじゅつのあき）	藝術之秋

秋天

敬老の日 （けいろうのひ）	【敬老日】　9月第3個星期一
文化の日 （ぶんかのひ）	【文化節】　11月3日
七五三 （しちごさん）	【七五三節】　11月15日
体育の日 （たいいくのひ）	【體育節】10月第2個星期一

冬天

<table>
<tr><td>おおそうじ
大掃除</td><td>大掃除</td></tr>
<tr><td>しょうがつ
お正月</td><td>過年</td></tr>
</table>

- -

てんのうたんじょうび 天皇誕生日	【天皇誕辰紀念日】12月23日
クリスマスイブ	【耶誕夜】 12月24日
おおみそか 大晦日	【除夕】 12月31日
はつもうで 初詣	【新年參拜】 12月31日～1月1日
がんじつ 元日	【元旦】 1月1日
けんこくきねんび 建国記念日	【國慶日】 2月11日
バレンタインデー	【情人節】 2月14日
ホワイトデー	【白色情人節】 3月14日

想知道更多？
◎日本見聞錄－日本節慶與活動年曆
http://www.zipangguide.net/

單元 4 實用美食單字

西式餐點

ピザ　披薩
サラダ　沙拉
サンドイッチ　三明治
カレーライス　咖哩飯
ハンバーガー　漢堡
スパゲッティ　義大利麵
フライドポテト　炸薯條

西式甜點

洋菓子（ようがし）　西式甜點
プリン　布丁
ケーキ　蛋糕
ドーナツ　甜甜圈
ディラミス　提拉米蘇
シュークリーム　泡芙
アイスクリーム　冰淇淋

壽司

握り寿司（にぎりずし）　握壽司
手巻寿司（てまきずし）　手捲
稲荷寿司（いなりずし）　豆皮壽司
散らし寿司（ちらしずし）　散壽司；什錦壽司
巻き寿司（まきずし）　卷壽司

拉麵

醬油ラーメン（しょうゆ）　醬油拉麵
豚骨ラーメン（とんこつ）　豚骨拉麵
味噌ラーメン（みそ）　味噌拉麵
塩ラーメン（しお）　鹽味拉麵
チャーシューラーメン　叉燒拉麵

日式料理

そば　蕎麥麵

キムチ　泡菜

餃子（ぎょうざ）　煎餃

すき焼き（や）　壽喜燒

たこ焼き（や）　章魚燒

おでん　關東煮

コロッケ　可樂餅

お茶漬け（ちゃづ）　茶泡飯

お好み焼き（この）（や）　大阪燒

肉じゃが（にく）　馬鈴薯燉肉

日式甜點

和菓子（わがし）　日式甜點

煎餅（せんべい）　仙貝

大福（だいふく）　日式麻糬

おもち　年糕

ようかん　羊羹

鯛焼き（たいや）　鯛魚燒

どら焼き（や）　銅鑼燒

カステラ　蜂蜜蛋糕

まんじゅう　日式饅頭

單元 ⑤ 動物園

寵物

ねこ　猫

いぬ　狗

とり　鳥

うさぎ　兔子

ねずみ　老鼠

家禽家畜

ぶた　豬

ひつじ　羊

うま　馬

うし　牛

にわとり　雞

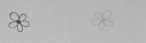

小型動物

さる	猴
しか	鹿
カエル	青蛙
カメ	烏龜
ロバ	驢子
ペンギン	企鵝
ツル	鶴
カメレオン	變色龍
フクロウ	貓頭鷹
ハリネズミ	刺蝟
りす	松鼠
きつね	狐狸
コアラ	無尾熊
カンガル	袋鼠

大型動物

へび	蛇
ひょう	豹
ぞう	象
くま	熊
ヒヒ	狒狒
ワニ	鱷魚
とら	老虎
らくだ	駱駝
かば	河馬
パンダ	熊貓
いのしし	山豬
ライオン、シシ	獅子
ゴリラ	大猩猩
きりん	長頸鹿

單元 6 運動、球類單字

スキー　滑雪
水泳　游泳
<ruby>相撲<rt>すもう</rt></ruby>　相撲
ランニング　競走
<ruby>腹筋運動<rt>ふっきんうんどう</rt></ruby>　仰臥起坐
<ruby>腕立て伏せ<rt>うでた　ふ</rt></ruby>　伏地挺身

<ruby>野球<rt>やきゅう</rt></ruby>　棒球
<ruby>卓球<rt>たっきゅう</rt></ruby>　桌球
テニス（Tennis）　網球
サッカー（Soccer）　足球
ゴルフ（Golf）高爾夫球
ラグビー（Rugby）　橄欖球
ビリヤード（Billiard）　撞球
クリケット（Cricket）　板球
ホッケー（Hocke）　曲棍球

ソフトボール（Softball）　壘球
ボウリング（Bowling）　保齡球
バレーボール（Volleyball）　排球
ドッジボール（Dodgeball）　躲避球
バドミントン（Badminton）　羽毛球
バスケットボール（Basketball）　籃球
アメリカンフットボール
（American Football）　美式足球

水瓶座　みずがめ座　1.20-2.18

牡羊座　おひつじ座　3.21-4.20

雙魚座　うお座　2.19-3.20

金牛座　おうし座　4.21-5.20

雙子座　ふたご座　5.21-6.21

巨蟹座　かに座　6.22-7.22

獅子座　しし座　7.23-8.22

處女座　おとめ座　8.23-9.22

天秤座　てんびん座　9.23-10.22

天蠍座　さそり座　10.23-11.21

射手座　いて座　11.22-12.21

摩羯座　やぎ座　12.22-1.19

A型は、「石橋をたたいて渡る」タイプだ。
何事にも細かく計画を立てて慎重に行動するようだ。

A型是謹慎型的人，無論什麼事都會設想好計畫，並謹慎地去行動的人。

B型は、ゆったりとした心の持ち主で明朗な性格なんだ！
いったん決断すると、真っ直ぐに目標に向かって突進する。

B型是擁有閒適的心及開朗性格的人！一旦下了決定，就會勇往直前地朝目標前進。

O型は、勝ち気で人に負けることをとても嫌うのだ。
また、常に向上心が旺盛なのだ。

O型是好勝心強，最討厭輸的個性。並且經常抱持著向上心。

AB型は、ものごとに固執するタイプだ。
防衛本能が強く、安心するまでは本当の自分を出さないところがあるんだ。

AB型是對於事物相當固執的類型，防衛心很重，不到安心的地步是不會顯露真實的自我的。

單元 8

化粧品&服裝單字

保養用品

パック	面膜
乳液（にゅうえき）	乳液
爪切り（つめきり）	指甲剪
美容液（びようえき）	精華液
化粧水（けしょうすい）	化妝水
マニキュア	指甲油
日焼け止め（ひやどめ）	防曬乳
ハンドクリーム	護手霜
油取り紙（あぶらとりがみ）	吸油面紙
ビュクレンジング	卸妝乳

化妝用品

口紅（くちべに）	口紅
パウダー	粉餅
マスカラ	睫毛膏
アイシャドー	眼影
アイクリーム	眼霜
化粧品（けしょうひん）	化粧品
（リップ）グロス	唇蜜
ファンデーション	粉底
リップ（ライナー）	唇筆
リップスティック	護唇膏
メークアップベース	隔離霜
アイラインペンシル	眼線筆
アイラッシュカーラー	睫毛夾

服裝 上衣

ニット　針織衫
Vネック　V字領
ラウンドネック　圓領
ボートネック　一字領
パブスリーブ　公主袖
七分スリーブ　七分袖
キャミソール　細肩帶
カーディガン　小外套
フリルスリーブ　荷葉邊袖
シャツワンピ　襯衫式連身洋裝

服裝 褲、裙

ローウエスト　低腰
ハイウエスト　高腰
七分パンツ　七分褲
ハーフパンツ　五分褲
Aラインスカート　A字裙
プリーツスカート　百褶裙
シフォンスカート　雪紡紗裙
ロールアップパンツ　反摺褲

單元 9

宮崎駿・吉卜力工作室 動畫電影

句型小教室　○○が好きです！ 我喜歡○○！

魯邦三世	ルパン三世カリオストロの城
風之谷	風の谷のナウシカ
天空之城	天空の城ラピュタ
龍貓	となりのトトロ
魔女宅急便	魔女の宅急便
紅豬	紅の豚
魔法公主	もののけ姫
神隱少女	千と千尋の神隠し
霍爾的移動城堡	ハウルの動く城
崖上的波妞	崖の上のポニョ
借物少女艾莉緹	借りぐらしのアリエッティ

單元 10 日語童謠一起唱

桃太郎

曲/岡野貞一 詞/文部省

參考網站 ◎歌詞MIDI

http://www.mahoroba.ne.jp/~gonbe007/hog/shouka/momotarou.html

桃太郎さん 桃太郎さん	桃太郎啊 桃太郎啊
お腰につけた 黍団	繫在你腰上的糯米飯糰
一つわたしに くださいな	請給我一個吧

やりましょう やりましょう	給你吧 給你吧
これから鬼の 征伐に	現在就去討伐惡鬼
ついて行くなら あげましょう	一起去的話 就給你吧

行きましょう 行きましょう	走吧 走吧
あなたについて どこまでも	跟著你 不管到哪裡
家来になって 行きましょう	讓我們成為你的家臣 一起去吧

そりゃ進め そりゃ進め	就這樣前進 就這樣前進
一度に攻めて 攻めやぶり	一舉進攻 攻破
つぶしてしまえ 鬼が島	擊潰那惡鬼之島

おもしろい　おもしろい　　　　真是痛快　真是痛快
のこらず鬼を　攻めふせて　　　攻破所有的惡鬼
分捕物を　えんやらや　　　　　奪回被搶的寶物　嘿呀

万々歳　万々歳　　　　　　　　萬萬歲　萬萬歲
お伴の犬や　猿雉子は　　　　　我的好同伴　小狗　小猴　小雉雞
勇んで車を　えんやらや　　　　奮勇推著車　嘿呀

曲/菊池俊輔
詞/楠部工作

參考網站◎歌詞MIDI
http://www.mahoroba.ne.jp/~gonbe007/hog/shouka/00_songs.html
→「と」→「どらえもんのうた」

こんなこと　いいな　できたら　いいな
あんなゆめ　こんなゆめ　いっぱいあるけど

這樣的事情很好　能實現的話多麼好
那樣的夢　這樣的夢　雖然有好多

みんな　みんな　みんな　かなえてくれる
ふしぎな　ポッケで　かなえてくれる

大家　大家　大家的夢想　都能一一實現
他用不可思議的百寶袋為我實現

空を自由に　とびたいな「ハイ！　タケコプター」
アン　アン　アン　とってもだいすき　ドラえもん

我想在天空自由自在地飛行〜「是！竹蜻蜓！」
尢尢尢　我最喜歡哆啦A夢

宿題　当番　試験に　おつかい
あんなこと　こんなこと　たいへんだけど

作業　值日生　考試　幫忙買東西
那樣的事　這樣的事　雖然很辛苦

みんな　みんな　みんな　たすけてくれる
便利な道具で　たすけてくれる

大家　大家　大家　都能――幫助我
他用方便的道具幫助我

おもちゃの　へいたいだ「ソレ！　とつげきー」
アン　アン　アン　とってもだいすき　ドラえもん

是玩具兵團　「衝啊！突擊！」
尢尢尢　我最喜歡哆啦A夢

 50音總復習習字帖

あ行

あ	あ							
い	い							
う	う							
え	え							
お	お							

か行

か	か							

き	き						
く	く						
け	け						
こ	こ						

 さ行

さ	さ						
し	し						
す	す						

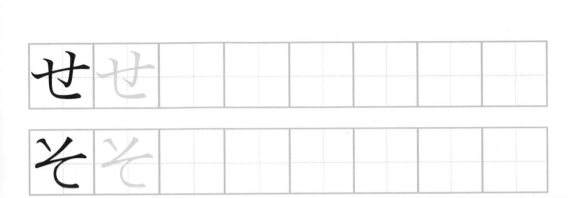

せ　せ

そ　そ

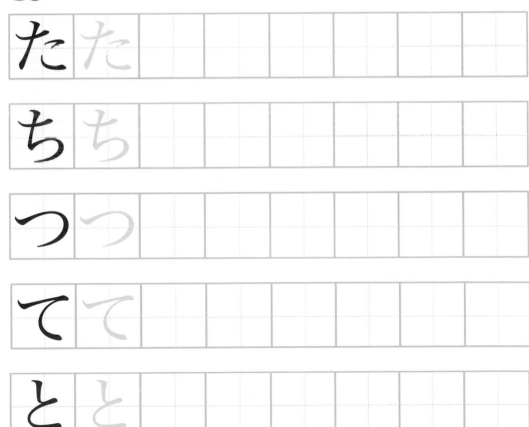

た　た

ち　ち

つ　つ

て　て

と　と

な行

| な | な | | | | | | |

| に | に | | | | | | |

| ぬ | ぬ | | | | | | |

| ね | ね | | | | | | |

| の | の | | | | | | |

は行

| は | は | | | | | |

| ひ | ひ | | | | | |

ふ　ふ

へ　へ

ほ　ほ

ま行

ま　ま

み　み

む　む

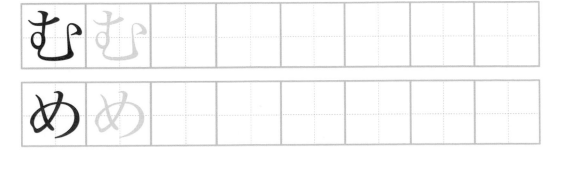

め　め

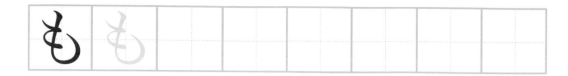

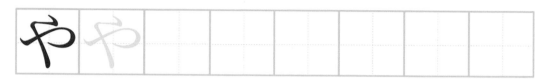

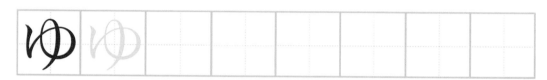

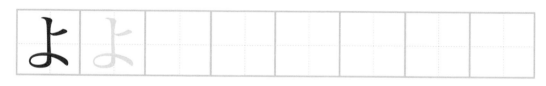

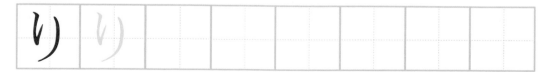

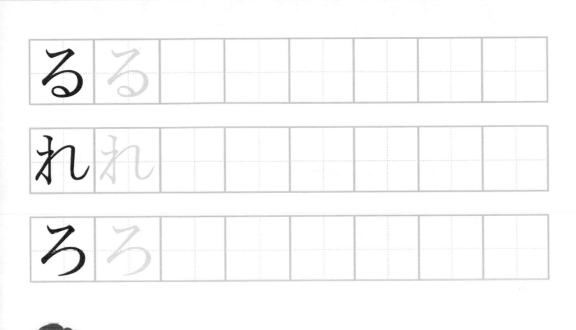

る　る

れ　れ

ろ　ろ

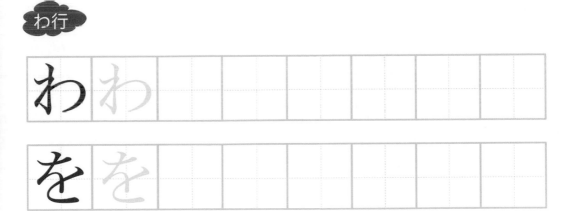

わ　わ

を　を

ん　ん

我們改寫了書的定義

創辦人暨名譽董事長　王擎天
總經理暨總編輯　歐綾纖　　　印製者　和楹印刷公司
出版總監　王寶玲

法人股東　華鴻創投、華利創投、和通國際、利通創投、創意創投、中國電
　　　　　視、中租迪和、仁寶電腦、台北富邦銀行、台灣工業銀行、國寶
　　　　　人壽、東元電機、凌陽科技(創投)、力麗集團、東捷資訊

◆台灣出版事業群　新北市中和區中山路2段366巷10號10樓
　　　　　　　　　TEL：02-2248-7896
　　　　　　　　　FAX：02-2248-7758

◆北京出版事業群　北京市東城區東直門東中街40號元嘉國際公寓A座820
　　　　　　　　　TEL：86-10-64172733
　　　　　　　　　FAX：86-10-64173011

◆北美出版事業群　4th Floor Harbour Centre　P.O.Box613
　　　　　　　　　GT George Town, Grand Cayman,
　　　　　　　　　Cayman Island

◆倉儲及物流中心　新北市中和區中山路2段366巷10號3樓
　　　　　　　　　TEL：02-8245-8786
　　　　　　　　　FAX：02-8245-8718

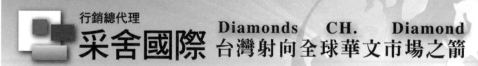

國家圖書館出版品預行編目資料

跟著日本人這樣寫50音 ： 最正確的あいうえお練習簿
/ 藤井智子著. -- 初版. -- 新北市 ： 知識工場,
2011.09
　　面 ； 公分. --（日語通 ； 14）
ISBN 978-986-271-101-9（平裝）
1.日語 2.語音 3.假名

803.1134　　　　　　　　　　　100014034

知識工場 · 日語通 14

跟著日本人這樣寫50音

出 版 者 / 全球華文聯合出版平台 · 知識工場
作　　者 / 藤井智子　　　　　　文字編輯 / 蔡靜怡
出版總監 / 王寶玲　　　　　　　美術設計 / Mary
總 編 輯 / 歐綾纖　　　　　　　譯　　者 / MIKA

本書採減碳印製流程
並使用優質中性紙
（Acid & Alkali Free）
最符環保需求。

郵撥帳號 / 50017206 采舍國際有限公司（郵撥購買，請另付一成郵資）
台灣出版中心 / 新北市中和區中山路 2 段 366 巷 10 號 10 樓
電　　話 / (02) 2248-7896
傳　　真 / (02) 2248-7758
I S B N　978-986 -271- 101-9
出版年度 / 2019年最新版

全球華文市場總代理 / 采舍國際
地　　址 / 新北市中和區中山路 2 段 366 巷 10 號 3 樓
電　　話 / (02) 8245-8786
傳　　真 / (02) 8245-8718

全系列書系特約展示
新絲路網路書店
地　　址 / 新北市中和區中山路 2 段 366 巷 10 號 10 樓
電　　話 / (02) 8245-9896
網　　址 / www.silkbook.com

線上 pbook&ebook 總代理 / 全球華文聯合出版平台
地　　址 / 新北市中和區中山路 2 段 366 巷 10 號 10 樓
主題討論區 / http://www.silkbook.com/bookclub　　◆ 新絲路讀書會
紙本書平台 / http://www.book4u.com.tw　　　　　　◆ 華文網網路書店
電子書下載 / http://www.silkbook.com　　　　　　 ◆ 電子書中心 (Acrobat Reader)

本書為日語名師及出版社編輯小組精心編著覆核，如仍有疏漏，請各位先進不吝指正。來函請寄
iris@mail.book4u.com.tw，若經查證無誤，我們將有精美小禮物贈送！

知識工場
Knowledge is everything！

知識工場
Knowledge is everything！

知識工場

Knowledge is everything！